Esclava Sumisa y otras historias

Erika Sanders

Serie
Dominación y sumisión erótica

ERIKA SANDERS

Sinopsis

Este libro consta de las siguientes historias:
Esclava sumisa
Aumento de sueldo
Situación inesperada
Recibimiento salvaje

Esclava Sumisa es una historia de fuerte contenido erótico BDSM y, a su vez, también perteneciente a la colección Dominación Erótica, una serie de novelas de alto contenido BDSM romántico y erótico.

(Todos los personajes tienen 18 años o más)

Nota de la escritora:

Erika Sanders es una conocida escritora a nivel internacional, traducida a más de veinte idiomas, que firma sus escritos más eróticos, alejados de su prosa habitual, con su nombre de soltera.

Índice:

Sinopsis

Nota de la escritora:

Índice:

ESCLAVA SUMISA Y OTRAS HISTORIAS ERIKA SANDERS

ESCLAVA SUMISA

AUMENTO DE SUELDO

SITUACIÓN INESPERADA

CAPÍTULO I

CAPÍTULO II

CAPÍTULO III

CAPÍTULO IV

RECIBIMIENTO SALVAJE

FIN

ESCLAVA SUMISA Y OTRAS HISTORIAS
ERIKA SANDERS

ESCLAVA SUMISA

11

La esclava Susan despertó con una deliciosa urgencia de amamantar a su Maestro, pero se sintió consternada al descubrir que ya se había ido.

En la almohada a su lado, en su lugar, había una nota, una sola orquídea y una tarjeta de regalo para su día de spa favorito.

Ella bostezó y se estiró, luego leyó con entusiasmo la nota.

"Quiero que pases el día en preparación para Mí. No debes masturbarte hoy, ya que te daré todo lo que necesites más tarde. Estaremos en el baile de beneficencia esta noche, y después, te usaré en todos los sentidos, hasta que me sacie ".

Susan sabía que la nota de su Maestro decía mucho más de lo que ponía porque ella conocía su corazón.

En tres breves oraciones, él le informó que ese día y esta noche serían para su placer y para él, que no había ninguna parte de ella a la que él no empujaría hasta sus límites, y que ella debería hacer todo lo necesario para lograr que fuera tan placentero para él como fuera posible.

A Susan le encantaba complacer a su Maestro y Él siempre hacía que todo entre ellos fuera perfecto.

Susan se levantó de la cama y se enredó el cabello en un broche mientras caminaba hacia el baño.

Colgando de un poste de gancho amarrado en la parte posterior de la puerta estaba el vestido, las medias y los zapatos que El maestro Robert había escogido para que ella se los pusiera.

No había ropa interior.

Susan sonrió, luego se lavó la cara, se cepilló los dientes y, antes de volver a la habitación, abrió el cajón inferior del tocador, sacó las bolas chinas y se quitó las braguitas tanga con las que había dormido.

El Maestro había dicho que no había parte de ella que Él no usaría.

Lentamente, se colocó las bolas chinas en su lugar e instantáneamente ya se estaba imaginando la magnífica polla de su Maestro ...

Se puso los pantalones cortos de mezclilla y la camisa amarilla con botones que El maestro Robert llevaba la noche anterior.

A ella le gustaba usar su ropa.

Ella así podía olerlo en ella misma de esa manera.

Se puso las sandalias, recogió la tarjeta de regalo y se puso rápidamente en camino.

* * *

Susan llegó para descubrir que El maestro Robert había organizado todo con sus instrucciones, como normalmente hacía.

Las mujeres en el salón no le dijeron nada, sino que siguieron simplemente con lo que estaban haciendo.

No se sentía incómoda con lo que el mundo percibía como una relación sumisa, porque el mundo no sabía nada del amor que compartía con su El maestro Robert.

"Sí, somos Maestro y esclava", pensó mientras la manicurista trabajaba sobre sus pies, "¡Pero también somos Esposo y Esposa, Robert y Susan, almas gemelas!" No importaba si el resto del mundo no lo entendía.

Simplemente porque no tenían idea del verdadero amor que había entre ellos.

Con la manicura y la pedicura completas, la llevaron al baño de lavanda y vainilla.

Esta era su parte favorita y El maestro Robert lo sabía.

Le resultaba muy difícil no darse placer cuando se la dejaba sola en el baño perfumado, pero sabía que su Maestro querría mucho de ella esta noche, así que descansó sin tener un orgasmo en el baño.

Finalmente, el turno de su cabello, lo lavaron y lo apilaron seductoramente sobre su cabeza, asegurándolo con el pasador que Él le había comprado en su primera cita.

Ella sonrió alegremente pensando en el placer que le dará a Él quitarle el alfiler de su cabello y verlo caer sobre sus hombros.

Esta sería una noche para recordar.

De vuelta a casa, se puso el maquillaje.

Luego estaban las medias altas de seda y los tacones negros de tres pulgadas que la había comprado en Italia.

Se detuvo allí para mirarse en el espejo.

Algo faltaba.

Fue un breve pensamiento que ella quitó rápidamente de su mente.

Si él hubiera querido más, lo habría previsto.

Se quitó las bolas chinas que la habían mantenido al borde del orgasmo durante todo el día y luego se deslizó el delicado vestido sobre su cabeza y dejó que se deslizara por su cuerpo.

Estaba satisfecha con la forma en que se veía en el espejo y Robert también lo estaría.

Un toque de su perfume favorito y ella ya estaba lista.

Tomó la orquídea que había estado flotando en un cuenco de agua esa mañana y la metió en el nudo de cabello de su nuca.

Cuando ella escuchó su auto en el camino de entrada, sus pezones se endurecieron y su coño comenzó a palpitar.

Normalmente, ella lo habría esperado en la puerta de rodillas con el cuello inclinado, de modo que su cuerpo quedara completamente a su disposición.

Ella estaba muy ansiosa.

Ella se apresuró al pie de las escaleras para esperarlo.

Cuando Él entró, ella ya se había sonrojado de emoción y pudo sentir que su apariencia lo complacía mientras se quedaba mirándola.

"Te ves deliciosa, esclava Susan".

"Gracias, maestro Robert, estoy muy feliz de que estés satisfecho".

"Parece que has olvidado algo".

"¿He olvidado algo?"

Robert la tomó por la muñeca y la condujo escaleras arriba.

En la almohada donde había estado la nota y la flor, estaba su gargantilla.

Estaba asombrada de no haberlo notado antes y reconoció al instante su error.

El maestro Robert había dispuesto la gargantilla hecha a mano para ella junto con la corbata correspondiente para él.

Su gargantilla contenía la mitad de un corazón de cristal que encajaba perfectamente con la otra mitad que llevaba.

Se la había entregado el día de su boda.

¿Cómo se las había arreglado para no darse cuenta?

Sus pezones comenzaron a estirarse y su vagina le palpitaba cuando se dio cuenta de lo grave que era el error.

Robert se desabrochó el cinturón.

"Te amo, Susan, pero no puedo permitir semejante descuido en tu preparación para Mí".

"Sí, mi dulce poseedor".

"Inclínate y toma tus tobillos".

No necesitaba que le dijeran que extendiera las piernas, ya que había sido castigada de esta manera antes.

Al maestro Robert le gustaba mirar su coño cuando la azotaba.

Agarró el vestido sedoso y lo deslizó lentamente por sus piernas hasta su cintura y debido a su posición, continuó deslizándose hacia abajo y alrededor de sus tetas cubriendo un poco sobre su cabeza y cara.

Qué vista tan magnífica le mostró a él, vestida tan elegantemente, pero tan crudamente posada.

Podía ver lo emocionada que estaba por la forma en que la humedad de su coño brillaba en la luz.

Retiró el cinturón que sostenía en su mano pensándolo mejor.

Sería una noche larga.

Se dio la vuelta y caminó a su lado de la cama y, buscando en el cajón de su mesita de noche, sacando un látigo de cuero que había usado en ella a menudo.

Tenía un asa larga y, desde el extremo, colgaban nueve tiras finas de cuero suave y flexible.

Era bien utilizado y apreciado.

Volvió a ella lentamente, disfrutando de la hermosa imagen que ella había creado y observando los cambios que se producían en ella.

Estaba respirando pesadamente y estaba teniendo dificultades para quedarse quieta.

"¡Ahhh, mi esclava Susan, voy a disfrutar de ti esta noche!"

Y con eso, conectó tres rápidos latigazos hacia su culo que la hizo chillar de dolor y placer.

Retrocedió y observó la velocidad con la que empezaban a aparecer las franjas rojas en su trasero.

"¡Mierda!" ¡Pensó para sí mismo! "¿Cómo voy a contenerme esta noche?"

Y con ese pensamiento llegó al instante la solución.

Él la tendría ahora mismo antes de la sesión de la noche, solo una vez para quitarse las ganas.

Se abrió bruscamente sus pantalones, sacó su ya rígida polla y la empujó profundamente en su coño, no por placer, sino para lubricarla.

Lo que más deseaba en ese momento era rojo, apretado, brillante y estaba listo para él.

Retiró su polla del chorreante coño de la esclava Susan para consternación de ella y lo empujó profundamente en su esperante culo.

El grito de "¡SÍ!" de los labios de ella alimentó su fuego y él golpeó con locura sus caderas levantadas.

Sosteniéndola con fuerza, Él no se detuvo hasta que estuvo listo para explotar.

Escuchó su propia respiración entrecortada y gimiente mientras salía y venía un montón de sedoso semen por todo su enrojecido culo.

Cuando regresó a sí mismo, se dio cuenta que estaba frotando su esperma caliente en el tierno y deseado culo de su esclava Susan mientras ella le agradecía una y otra vez.

"Usaré mi esmoquin negro esta noche, Susan", y con eso él se fue a la ducha mientras la esclava Susan se ponía su gargantilla para luego ir al armario a buscar su esmoquin.

Ella era muy minuciosa, y verificó dos veces que todo lo que Él necesitaba lo estaba esperando cuando salió de la ducha.

Ella colocó cada objeto en la cama mientras pensaba en la forma en que la acababa de usar, en la maravillosa forma en que sus bolas golpeaban su clítoris mientras él devastaba su trasero.

Estaba tan perdida en sus pensamientos que no lo escuchó detrás de ella hasta que Él la besó suavemente en el cuello.

"No deseo castigarte, Susan, pero ¡oh! Qué exquisita estás cuando lo hago".

"Gracias, Maestro Robert".

* * *

En el auto, El maestro Robert deslizó la bata por sus piernas y separó sus muslos.

Él tocó su coño que todavía goteaba, pero le prohibió que se corriera.

La esclava Susan se retorció en su asiento y se alegró de ver el Salón en tan poco tiempo, ya que estaba segura de que no habría podido aguantar mucho más.

Él puso sus dedos en su boca para que ella los limpiara con la lengua y los labios mientras desabotonaba con la otra mano los tres botones diminutos en la parte superior de su corpiño.

"Déjatelo así", le dijo, y luego la besó con ternura en los labios, antes de decirle que esperara a que él abriera la puerta.

En el interior del Salón, se vio obligada a abandonar su lado con frecuencia, pero siempre estaba a la vista de ella.

La esclava Susan conversó cortésmente con los otros asistentes, pero como de costumbre, se dirigió a los lugares más tranquilos y se quedó sola.

El maestro Robert tenía una gran demanda de atención y ella admiraba la forma en que se manejaba a sí mismo en estas situaciones, tan galante, tan guapo.

Cuando se le pidió que bailara, lo miró a Él en busca de orientación.

Se entendía entre ellos que había ocasiones en que era necesaria la aceptación educada, pero ella siempre esperaba el asentimiento de Él antes de aceptar y casi siempre podía contar con Él para interrumpir lo que estuviera haciendo.

Esta noche, sin embargo, esperó a su Maestro Robert, rechazando las ofertas incluso cuando él lo aprobaba.

Después de la tercera negativa, se dirigió hacia ella a través de la habitación.

"¿Estás bien, mi amor?"

"Sí."

"¿Por qué no estás bailando?"

"Porque, solo quiero bailar contigo esta noche".

"Entonces, Susan, tendrás tu deseo".

Él deslizó su mano alrededor de su cintura y la apoyó suavemente en su espalda para llevarla a la pista de baile.

Sosteniéndola de cerca, bailó con ella.

Mirándola como si fuera la única mujer en el mundo, Él atormentó su piel con Sus ojos y la persuadió hasta el borde de la felicidad con susurros de cómo la usaría más tarde.

"¿Me llevas a casa?" Ella le susurró.

La tomó de la mano y la condujo entre la multitud.

En el auto, se besaron apasionadamente y la esclava Susan susurró le el deseo de su corazón.

"Necesito a mi Maestro Robert".

Robert le respondió desabotonando sus pantalones y permitiéndole que lo amamantara de camino a casa.

* * *

En el camino de entrada, después de apagar el auto, Él la dejó quedarse allí disfrutando de la manera hambrienta en que ella estaba devorando Su Polla.

Hizo que se detuviera solo el tiempo suficiente para deslizar su vestido sobre su cabeza y tirarlo en el asiento trasero.

Luego colocó el asiento hacia atrás y le quitó el alfiler de su cabello, dejándolo caer sobre sus hombros.

Él amaba su cabello negro, la forma en que caía sobre su rostro y sus hombros y la forma en que llenaba sus puños cuando lo agarró.

Robert la observó durante mucho tiempo, maravillándose de la forma en que adoraba su polla, chupándola como si fuera su propio sustento.

Cuando sus ganas de correrse fueron mayores que Su restricción, Él enterró Sus manos en su cabello y forzó Su polla introduciéndola profundamente su garganta.

Él entraba y salía en su boca y garganta con una profunda necesidad que ella amenazaba con devorársela.

La esclava Susan temblaba en sus manos, y se dio cuenta de que su propia liberación provocaría la de ella.

Un último empujón profundo en su garganta y Él explotó en éxtasis.

Cada chorro de leche caliente sacudía su cuerpo con un espasmo igual al suyo.

Eran amo y esclava y, sin embargo, eran uno.

Un cuerpo ...

Un hermoso espasmo de leche ...

¡Un amor!

* * *

La esclava Susan abrió los ojos cuando El maestro Robert abrió la puerta.

Le tendió la mano y la ayudó a salir del coche.

Ella estaba de pie ante él a la luz de la luna, el vestida hasta los muslos y los zapatos de seda y la gargantilla que contenía la mitad de un corazón de cristal.

La luz de la luna y las estrellas bailaban sobre su piel y Él respiró profundamente al verla.

"Ven mi amor, nuestra noche acaba de comenzar".

La condujo al interior y a la habitación, donde abrió las puertas del balcón para dejar entrar la brisa del océano.

Él tomó su gargantilla y la reemplazó con su collar, luego la guio a la cama donde la vendó.

"Recuéstate. Quiero sentir tu cuerpo someterse a Mí" él susurró.

Ella hizo lo que le pidió y luego esperó su próxima orden.

Como no llegó ninguna, ella trató de calmar su respiración, trató de escucharlo en la habitación.

¿Dónde podría estar Él?

¿Qué está haciendo?

Su mente se aceleró, anticipando sus planes para ella.

Ella esperó lo que pareció una eternidad, pensando que podía oírlo respirar, pero nunca muy segura.

Cuando, finalmente, pensó que un azote por la desobediencia era mejor que esperar un segundo más, alcanzó la venda, pero en lugar de dejar que ella se metiera en problemas, él le dijo: "Tócate para mí".

Tres palabras, tres palabras diminutas, encendieron un fuego en ella que nunca antes había sentido.

Al instante, sus manos estaban sobre su cuerpo, una sobre su pecho y otra entre sus piernas.

En segundos, ella estaba retorciéndose en el orgasmo, con las piernas abiertas, rodillas estiradas, los dedos follando su coño con furia para correrse, su espalda se arqueó hasta que nada más que su culo y la parte posterior de su cabeza tocaban la cama.

"¡Sí! ¡Robert! ¡Oh, mi maestro Robert! ¡Sí! ¡Sí! ¡Sí!"

Ella no estaba completamente abajo de su altura después de escucharlo de nuevo:

"Otra vez. Hazlo otra vez".

Ella rodó sobre su estómago y puso sus rodillas debajo de su cuerpo empujando su culo en el aire para que Él lo viera.

Ella enterró sus dedos dentro de su coño tan profundamente como pudo y una vez más se masturbó para el entretenimiento de su Maestro.

Cuando llegó, duró mucho más que la primera.

Alcanzó su lugar mágico una y otra vez hasta que, finalmente, corriendo y corriendo por el interior de sus muslos, comenzó a rogarle por misericordia.

Volviéndose sobre su espalda, ella gritó:

"¡Robert! ¡Oh, Robert! ¡Por favor! ¡Por favor! ¡Por favor, fóllame ahora!"

No mostró piedad cuando la agarró y la hizo rodar bruscamente sobre su estómago.

Ella reconoció su látigo en el momento en que hizo contacto con su piel.

"¡Gracias, Maestro! Gracias por su generosidad. Gracias por permitirme correrme. Gracias por amarme lo suficiente como para castigarme cuando no le muestro el respeto adecuado".

Cada golpe recibió la gratitud que ella debería haber expresado cuando Él le permitió que se corriera.

¡Ya no pudo contenerse más!

Él la montó como estaba ella, boca abajo y húmeda de necesidad.

Él se deslizó dentro de ella tan fácilmente que pensó que la destrozaría.

Agarró dos manos llenas de su cabello y la bombeó febrilmente.

Ella todavía le estaba agradeciendo cuando sintió el miembro profundamente dentro.

La arrojó y la retorció dentro y ella se retorció debajo de Él, esperando que Él le diera lo que necesitaba.

Él la cogió a través de su orgasmo, nunca disminuyendo la velocidad o deteniéndose hasta que finalmente Él también estaba corriendo, profundamente en su vientre.

Ella yacía debajo de Él, ordeñando su polla con su coño y susurrando una y otra vez, "Gracias, gracias, mi dulce poseedor", mientras su Maestro Robert murmuraba alabanzas fascinantes en su oído.

El constante tirón de su coño en Su polla lo mantenía erguido y pronto Sus propias caderas se estaban moviéndose de nuevo.

Amaba la forma en que sus deseos y necesidades coincidían con los suyos.

Se entregaba a Él tan completamente que nunca hubo un momento en que cualquiera de los dos se saciara antes de que las necesidades del otro se hubieran satisfecho.

Al principio, su cuerpo a veces sentía dolores a su larga y gruesa polla y su fuerte reclamo antes de que estuviera plenamente satisfecho, pero ahora su cuerpo, su vientre, su misma alma encajaban contra él como un guante y el dolor de su amor era solo aparente al día siguiente.

Ella era suya en todos los sentidos y estaba tan contenta por ello como él.

Robert estaba fascinado por lo rápido que estaba listo para ella otra vez.

Deslizó sus manos por sus brazos y tomándolas por las muñecas.

Las sostuvo juntas sobre su cabeza mientras él metía la mano en el cajón de la mesita de noche y recuperaba sus puños.

Después de unir sus muñecas, sacó su polla de su coño hambriento para ir al armario por una cuerda.

Ató la cuerda a sus muñecas para usarla como una correa.

Todavía con los ojos vendados, ella respiraba con dificultad y él sabía que ella estaba necesitada.

Alcanzó de nuevo el cajón y sacó un anillo de boca.

"Abre la boca, esclava Susan".

Ella hizo lo que Él le pidió sin cuestionar, porque ambos sabían el significado de su relación.

Él colocó la junta tórica en su boca y la abrochó firmemente alrededor de su cabeza.

Luego, la agarró de la cama y la puso sobre sus rodillas.

Lo que debía seguir no era un castigo, sino por placer y la esclava Susan había aprendido rápidamente que había una diferencia.

Sosteniéndola por el pelo, El maestro Robert empujó su polla a través de la mordaza y en la garganta de la esclava Susan.

La mantuvo allí hasta que ella comenzó a darle arcadas y luego la sacó.

Él empujó de nuevo y la sostuvo, pero a los pocos segundos ella estaba con arcadas otra vez.

La sacó y esperó.

Cuando su respiración se estabilizó, Él la empujó de nuevo.

Esta vez ella fue capaz de sostenerlo sin arcadas.

Él no la bombeó, ni siquiera se movió, pero dejó su polla en la garganta hasta que ella comenzó a retorcerse.

Cuando sus retorcimientos se convirtieron en lucha, sacó su polla y le acarició el pelo.

"¡Esa es mi niña!" Dijo con orgullo. "Esa es mi dulce niña".

Esas palabras tiernas hicieron que los pezones de la esclava Susan se dibujaran con fuerza y su coño se humedeciera de necesidad.

El maestro Robert estaba entrenando a su odalisca para que tomara toda su polla sin arcadas.

Era una cuestión de paciencia y práctica, pero ella estaba mejorando cada vez más.

Hubo momentos en que ella nunca se atragantó y cuando eso sucedió, la recompensó bien.

El maestro Robert movió la cuerda de plomo a su collar y la hizo volver a la cama.

"¿Me quieres esclava Susan?"

Sí, su respuesta fue con un cabeceo.

"¿Me necesitas esclava Susan?"

Sí de nuevo.

"¿Vamos a ver si es así?"

Robert ató la cuerda a la cabecera e hizo que el otro extremo formara una soga que él deslizó sobre su cabeza y alrededor de su garganta.

Luego, se dispuso a la tarea de medir la necesidad de su esclava Susan.

Entre sus piernas, Él se deslizó a una posición para llevar su clítoris palpitante a su boca.

Él la chupó gentilmente, de la misma manera en que ella lo hace a él cuando se la chupa.

Las caderas de la esclava Susan comenzaron a rodar y empujar.

Incapaz de hablar con el anillo de la boca, ella simplemente jadeaba y gemía.

Cuando estuvo muy cerca de correrse, él retrocedió, obligándola a deslizarse hacia Él y, en consecuencia, apretando su cuello en la cuerda.

El maestro Robert la hizo sentir exquisita.

Él la lamió lentamente desde su parte inferior hasta su clítoris y luego dibujó círculos perezosos alrededor de su clítoris con su lengua.

Lo que le hizo a ella fue enloquecedor y, sin embargo, muy maravilloso, hasta que Él retrocedió de nuevo.

La esclava Susan se deslizó hacia abajo para obtener la presión que necesitaba de su lengua sobre su clítoris.

¡Oh, si ella pudiera correrse ahora mismo!

Ahora que la cuerda estaba apretada y ya no había holgura, El maestro Robert se levantó y enterró su dura polla en el coño que goteaba de la esclava Susan.

Él empujó sus piernas hacia atrás y la jodió profundamente, golpeando contra el lugar que le daba tanto placer, mordiéndole las tetas que le pertenecían a Él y chupando los pezones cada vez más fuerte, pero cuando comenzó a agitarse y gemir debajo de Él, volvió a retroceder, dándole solo su cabeza de glande y nada más.

"¡NO!" pensó ella.

La venda de los ojos, el anillo de la boca, ella no podía ver ni hablar para pedirle clemencia o decirle su necesidad, así que metió los talones en la cama y se obligó a bajar más de la cama hacia Su polla que tanto amaba.

Ella no podía respirar ahora y la tensión de la cuerda tenía su cabeza inclinada hacia arriba y hacia un lado, pero debía tenerlo.

Ella tenía que sentirlo profundamente dentro de ella.

¡Estaba tan cerca!

Ella no podía parar ahora.

El maestro Robert sonrió encantado.

Ella tendría lo que tan desesperadamente necesitaba o moriría, y eso, era Él.

Ella lo quería más que el aire que respiraba y eso era suficiente para él.

Entonces, se tendió completamente encima de ella, y comenzó a empujarla profunda y fuerte contra ella, chupándose los hombros y mordiéndose la mandíbula.

Cuando sintió que sus piernas se envolvían alrededor de él y su cuerpo comenzaba a temblar, agarró la cuerda y tiró de ambos a la cama, dejando que el aire volviera a su boca abierta.

Verla jadear y llorar y sentir que su coño se apretaba y se contraía en su polla era más de lo que podía soportar.

Él saltó y tomó su polla en su mano.

Lo bombeó con furia hasta que finalmente se corrió, disparando ráfaga tras otra de esperma a través del anillo y en la boca de la esclava Susan.

"¡Oh si!" Pensó ella la primera vez que lo probaba con la lengua: "¡SÍ! Su cuerpo, que todavía no se había recuperado completamente de su Maestro, ahora estaba lleno de placer nuevamente.

Una y otra vez, como olas en la orilla, vino por Él.

Era su alma gemela en todos los sentidos, y juntos alcanzaron alturas de puro éxtasis.

El Maestro Robert se quitó la venda y continuó bombeando su dura y erecta polla.

Cuando los ojos de Jennifer se ajustaron a la luz, pudo ver a su Maestro llenando su boca con Su semen.

Luego le quitó la mordaza y le permitió saborear su regalo mientras continuaba para liberarle sus manos y quitarle las medias, los zapatos y, finalmente, el collar.

El maestro Robert la tomó en sus brazos y la abrazó con fuerza.

Él susurró su nombre y le dijo que ella era suya y que él la amaba sin que nada se contuviera.

Ella se quedó temblando en sus brazos y Él la acercó aún más, asegurándole que ella era atesorada y protegida.

Cuando su cuerpo cansado cesó de temblar, se durmió tranquilamente en el dulce abrazo de su Maestro.

* * *

Ella se despertó cuando Él la levantó y la llevó a la bañera.

Él entró con ella y la acunó en sus brazos mientras se hundían en el agua caliente y vaporosa.

Fue magnífico y sonrió al recordar cuanto habían disfrutado en la bañera hecha a mano durante tanto tiempo.

El maestro Robert la bañó tan suavemente como si fuera un bebé recién nacido.

Él lavó su cabello y prestó especial atención a su sensible coño y culo.

Él le frotó el cuello y los hombros con sus manos enjabonadas, arrastrándolas por su espalda y hasta su trasero que amasó como si fuera masa.

El baño de esclavos era un ritual en el que insistía, lo que lo hacía mucho más significativo para ella.

Era hermoso y ella estaba tan feliz que no pudo contener las lágrimas mientras Él no pudo notar la diferencia entre las lágrimas y las gotas de agua.

Cuando la secó y le peinó el cabello, retiró la cubierta de la cama y se arrastraron entre las sábanas frías sin haber dicho una palabra.

No había nada que decir que los cuerpos no se hubieran dicho entre ellos.

Al igual que su rutina nocturna, Robert le leyó mientras ella trazaba su cuerpo con la punta de los dedos.

Y con el permiso ya otorgado, ella lo amamantó hasta que se desvió hacia un mundo de sueños hecho realidad.

AUMENTO DE SUELDO

29

Anita llamó a la puerta como si no quisiera romperla.

Esto no tenía sentido, ya que ella era la única persona que quedaba en la tienda de donas.

Ella y la persona al otro lado de la puerta, eso es.

"Adelante", sonó la voz de esa persona.

Anita abrió la puerta y entró, cerrándola detrás de ella.

El clic de la cerradura cuando la presionó con el pomo de la puerta le pareció ensordecedor en la tranquila oficina.

Eric Galvez levantó la vista del papeleo sobre su escritorio.

Miró a Anita, una morena y linda empleada mexicana que vestía el uniforma estilo escolar de la tienda, una camisa blanca abotonada y una falda corta a cuadros, sosteniendo una bolsa de donas.

Tenía un cuerpo impecable y un cabello moreno grueso y en capas que no llegaba a sus hombros.

"Hola, Anita", dijo Eric.

El gerente de la tienda, casado con dos hijos y en sus cuarentas, dejó la pluma y sonrió.

"Hola. Lo siento si interrumpí algo", dijo ella tímidamente.

"Por supuesto que no", le aseguró Eric. "Toma asiento".

La pequeña oficina del gerente consistía en un sofá, dos sillas, un escritorio y archivadores.

Eric vio a Anita caminar hacia él, su falda moviéndose de un lado a otro.

Se sentó en la silla frente al escritorio de Eric, cruzó sus largas piernas y dejó que la falda le llegara hasta los muslos.

Colocó la bolsa en el suelo junto a ella.

"¿Qué ocurre?", Le preguntó el gerente.

Anita dudó, respiró hondo y pasó lentamente los dedos de una mano sobre su pierna superior, desde la parte inferior de la falda hasta la rodilla.

"Estoy pensando en mudarme de la habitación rentada a un departamento", dijo.

Ella era una estudiante de tercer año en una universidad local, trabajando en varios empleos en lugares cuyas horas no interferían con sus clases.

"Genial", dijo Eric con entusiasmo, luego se detuvo. "¿Y necesitas más dinero? ¿Un aumento?".

Anita lo miró tímidamente, antes de que una mirada más seria apareciera en su rostro.

"No puedo creer cuánto piden por rentar. Y el pago inicial es ... ", comenzó a decir.

"Lo sé", interrumpió Eric.

Él la miró por un momento.

Ella había trabajado para él durante casi un año, pidiendo un aumento en otra ocasión.

En ese caso, ella había usado su cuerpo para "influir" en su decisión.

En realidad, él había deseado otra solicitud de ella desde entonces.

Eric miró la bolsa de donas a su lado.

"¿Te llevarás unas donas a casa?", Preguntó.

Los ojos de Anita se posaron en la bolsa y volvieron a su jefe.

"No. Es para ti ... para nosotros ", respondió ella.

Eric ya no necesitaba más explicaciones.

También había traído una bolsa la última vez.

Y esta vez él sabía lo qué hacer.

Se puso de pie y rodeó el escritorio, moviéndose detrás de la silla de Anita.

Ella observó su cuerpo atlético hasta que desapareció detrás de ella.

Un escalofrío le recorrió la espalda por la anticipación.

"Entonces, me trajiste una rosquilla", dijo Eric suavemente. "Y te gustaría compartir".

Anita asintió en silencio.

Eric miró a la joven, con la camisa desabrochada en la parte superior y las piernas bronceadas extendiéndose por debajo de su falda acampanada.

Sus manos se aferraron nerviosamente a los extremos de los brazos en la silla.

Eric puso su mano sobre el cabello de la muchacha y le pasó los dedos por el cuello.

Sintió la piel cálida debajo del cuello de su camisa, luego movió su mano hacia la parte delantera de su cuello antes de acercarse al botón superior.

En un movimiento ágil, le desabrochó el botón; seguido por el siguiente.

La parte superior de sus senos apareció a la vista, encerrados en un delgado sujetador azul.

Sus dedos se deslizaron sobre la suave piel de su seno izquierdo, y luego regresaron al siguiente botón.

Usando ambas manos, rodeándole el cuello y abrió cada botón hasta llegar a la parte superior de su falda.

Eric sacó la camisa de su falda y abrió el último botón.

La camisa de Anita se abrió lo suficiente como para que Eric viera la mayor parte de cada seno desde arriba.

Los vio levantarse y caer mientras ella respiraba agitada.

Un gancho central entre sus senos mantenía su sostén unido.

No era casualidad esto, pensó Eric para sí mismo.

Él se agachó y desabrochó el sujetador, dejando que las dos mitades descansaran libremente en los extremos de sus senos.

Anita continuó sentada inmóvil, mirando las manos de Eric o de frente.

Ella sabía que las cosas estaban a punto de cambiar rápidamente.

Eric puso sus manos sobre la parte superior de sus senos y los dejó caer hasta que sus dedos le quitaron el sujetador.

Ahuecó los morenos pechos desnudos en sus manos, sosteniéndolos suavemente por un momento.

Finalmente, puso los pezones de Anita entre sus pulgares e índices y los pellizcó tiernamente.

La joven suspiró audiblemente.

Eric sintió que su polla se endurecía dentro de los límites de sus pantalones mientras manipulaba los pezones.

Éstos se endurecieron bajo su toque y Anita sintió una excitada punzada viajar a través de su estómago hasta su coñito.

Eric envolvió sus manos alrededor de sus senos, pero apenas pudo llenarlos en su agarre.

Los levantó y observó cómo se acomodaban en sus palmas.

Rodeó la silla y se paró entre el escritorio y Anita, mirándola brevemente.

"Levántate y quítate la camisa", le dijo con voz tranquila.

Anita descruzó las piernas y se paró a pocos centímetros de su jefe.

Levantó la camisa sobre sus hombros y la dejó caer sobre la silla.

Sin detenerse, ella hizo lo mismo con su sostén.

Eric puso sus manos en la parte exterior de los muslos de Anita y levantó las manos hasta que desaparecieron debajo de su pequeña falda.

Anita sintió que las manos se alzaban sobre el exterior de sus bragas y sobre su trasero.

Entonces Eric movió las manos hacia su cintura y agarró la tira de las bragas.

Lentamente, él las bajó, arrodillándose cuando pasaron por sus rodillas y sobre sus pies.

Colocó las bragas negras en la silla y le quitó los zapatos.

Después de levantarse, miró su falda y dijo:

"Quítatela".

Anita desabrochó la falda y la dejó caer al suelo, saliendo y pateándola a un lado.

Eric admiraba su cintura pequeña, las caderas y muslos llenos,
las piernas largas y los pies pequeños.

Sus ojos volvieron a su coño y al pequeño y delgado mechón de cabello oscuro sobre el clítoris.

Anita se sintió extraordinariamente sexy en ese momento, la humedad entre sus piernas aumentaba por segundos.

Quería al hombre delante de ella desnudo y ella sabía que era inevitable.

"Quítame la ropa", él le dijo.

Tuvo que frenar deliberadamente sus movimientos para no revelar su deseo.

Sin embargo, Anita no tardó en ponerle la camisa a Eric sobre su cabeza, revelando una parte superior del cuerpo bien construida, si no demasiado musculosa.

Ella miró hacia abajo y desabrochó su cinturón, con los ojos de Eric alternando entre sus senos y manos.

Ella le desabrochó los pantalones y los bajó hasta que cayeron solos sobre sus pantorrillas.

Anita se arrodilló y le quitó los zapatos y los calcetines antes de sacarle los pantalones y tirarlos a un lado.

Miró hacia adelante al bulto cada vez mayor en sus boxers, luego agarró la pretina y tiró de ellos hacia abajo.

La enorme polla de Eric estaba solo semi erecta, pero Anita sintió una ola de emoción fluir sobre ella mientras le quitaba los boxers.

Ella se levantó y se enfrentó a su jefe.

Para alivio de Anita, él hizo el primer movimiento al abrazarla y atraerla hacia él.

La besó apasionadamente, presionando su polla contra su cuerpo y moviendo sus manos hacia su trasero.

Eric apretó sus suaves mejillas cuando sus lenguas se encontraron entre sus labios.

Anita sintió que apretaba su coño contra su cuerpo, sin estar segura de si estaba más decidida a satisfacerse a sí misma o a Eric.

Su beso continuó mientras ella envolvía una mano alrededor de su polla, sintiéndola palpitar.

La polla comenzaba a apuntar hacia arriba y la chica bombeaba su mano repetidamente hacia arriba y hacia abajo del miembro.

Cuando terminó el beso, Eric miró a Anita y dijo:

"Mi esposa no me hace eso. Lo haces de maravilla".

"Gracias, me alegro te guste", sonrió.

"Tengo hambre" Dijo Eric.

"Yo también".

Se movieron hacia el sofá.

Eric agarró la bolsa de donas en el camino.

Encontró tiempo para ver cómo el pequeño y redondo trasero de Anita rebotaba con sus pasos antes de acostarse en el sofá, con la cabeza sobre una almohada pequeña en un extremo.

Eric metió la mano dentro de la bolsa y sacó una rosquilla y un pequeño cuchillo de plástico.

"Ah, rellenos de crema de vainilla. Mis favoritos", dijo. "¿Te gustaría compartir?"

"Me encantaría", respondió Anita.

Eric se arrodilló y colocó la rosquilla cubierta de chocolate en el estómago plano de la chica, cortándola cuidadosamente por la mitad con el cuchillo.

Un escalofrío recorrió el cuerpo de Anita cuando el cuchillo apenas rozó su piel.

Eric la vio contraerse cuando la hoja del cuchillo reapareció desde el interior de la rosquilla gruesa, luego colocó el cuchillo y la mitad de la rosquilla encima de la bolsa en el suelo.

Él levantó la rosquilla de su vientre y giró el centro lleno de crema hacia ella.

Metódicamente, la bajó hasta que el pezón de su seno derecho estuvo directamente debajo de la crema.

Con un golpe largo y suave, llevó una capa de crema de vainilla sobre el extremo de su seno.

Anita cerró los ojos cuando el frío relleno cubrió su pezón y la piel circundante, enviando ondas a través de su cuerpo hacia su estómago y su coño.

Eric movió la dona ligeramente hacia un lado y repitió el proceso, agregando una segunda cinta de crema adyacente a la primera.

Finalmente, le dio la vuelta a la rosquilla y frotó la cubierta de chocolate sobre la punta de su pezón rígido.

Eric colocó la dona en la bolsa y miró a Anita.

Estaba observando atentamente, anticipando su próximo movimiento y rogándole en silencio que la devorara.

Eric movió la cabeza sobre su pecho y pasó la lengua por su pezón, saboreando el chocolate dulce.

Anita casi gimió en voz alta, pero se contuvo y observó cómo la lengua de su jefe alargaba su camino para incluir una pulgada por encima y por debajo del pezón.

Tragó una vez antes de regresar al seno, esta vez abriendo mucho la boca y colocando la mayor parte del seno redondo y lleno de la chica como fuera posible.

Su lengua raspó el pezón varias veces antes de que sus labios se cerraran alrededor de la carne rosada y la chuparan.

Esta vez, Anita no pudo contenerse.

"Oh, Dios", susurró.

Eric levantó la cabeza y se lamió la crema de los labios.

Cuando su boca aterrizó una vez más en el seno de Anita, su mano estaba empujando el seno hacia arriba y lamió con hambre el resto de la crema de vainilla de su piel.

Siempre volvía al pezón.

Anita arqueó la espalda, empujando el pecho más alto.

Sintió que la humedad entre sus piernas aumentaba con cada paso de su lengua sobre su pezón y estaba segura de que él podría hacerla correrse si la mantenía así.

Estiró la mano hacia la dona nuevamente, esta vez extendiendo el relleno blanco y el chocolate sobre su pecho izquierdo en mayor cantidad.

La crema cubría casi dos tercios del pecho, dejando a Eric con una media dona casi hueca en la mano.

Después de volver a colocar la rosquilla en la bolsa, se inclinó sobre el cuerpo de Anita y procedió a exponer meticulosamente su seno una lamida a la vez.

La chica movió su mano hacia la parte superior de la cabeza de Eric y la presionó con más fuerza contra su pecho.

Mientras tanto, su mano se movió desde su cadera hasta entre sus piernas, acariciando momentáneamente el clítoris enterrado debajo de un mechón de cabello castaño oscuro cuidadosamente cortado.

"Oh, Jesús", dijo en voz baja. "Eso se siente tan bien".

Con solo una pequeña cantidad de crema de vainilla en su pecho, Eric se subió al sofá, colocando sus piernas entre las suyas.

Su polla estaba completamente erecta ahora, apuntando hacia arriba en un ángulo agudo.

Se inclinó hacia adelante y colocó la polla sobre el pecho cubierto de crema, moviéndolo de un lado a otro hasta que tuviera una pequeña capa del relleno blanco.

Anita usó su mano para dirigir la polla a las áreas con más crema.

Pronto, era blanca desde la cabeza rosada hasta la base.

Anita vio como Eric se deslizaba hacia adelante y llevaba la polla a sus labios.

Ansiosamente, abrió la boca y aceptó el regalo.

El sabor azucarado de la crema casi la hizo olvidar el amor que sentía por el sabor de una polla caliente y dura.

Su lengua trabajaba todos los lados del miembro mientras Eric la deslizaba dentro y fuera de su boca, haciéndole gemir de placer.

"Ummmm, Anita. Chúpame Lámeme así", dijo Eric. "Sí, sí. Como eso."

La chica tardó unos minutos en sacar la última crema de la polla; chupando, lamiendo y tragando tan rápido como pudo.

Cuando terminó, Eric estaba más duro de lo que había estado antes y estaba cerca del clímax.

"Fóllame, Eric", exclamó Anita en voz alta. "Te quiero en mí. Por favor."

Cuando su jefe bajó del sofá, Anita abrió las piernas y levantó las rodillas.

Cuando tuvo su polla en la entrada de su coño, su mano estaba en posición lista para guiarlo hacia ella.

Incluso ella estaba sorprendida de lo preparada que estaba para él.

Tan pronto como la cabeza del pene hinchado encontró la abertura, Eric pudo bajarse hasta que sus muslos se encontraron en una suave palmada.

"Dios sí. Jódeme —dijo Anita.

Eric no tardó en cumplir con sus demandas.

Él la levantó por el culo y comenzó a deslizar su polla dentro y fuera, sintiendo que ella contraía su vagina periódicamente.

Anita levantó las piernas y suavemente las envolvió alrededor de la cintura de Eric, permitiéndole levantarla aún más.

Los senos de Anita se balanceaban rítmicamente.

Pellizcaba los pezones ocasionalmente, enviando lo que parecían corrientes eléctricas directamente a su coño.

Mientras tanto, Eric se reposicionó para que una mano libre pudiera masajear su clítoris.

Encontró la protuberancia inflada fácilmente y la frotó.

La cabeza de la chica comenzó a balancearse de un lado a otro y murmurando:

«Joder. Mierda. Si ahí. ¡Ahí!"

Eric le frotó más fuerte y sintió que su cuerpo se tensaba.

Sus piernas lo apretaron con fuerza y ella gritó: "Ahhhh. Oh, Dios. Ahora."

Su orgasmo comenzó con otro gemido ahogado y sus caderas se sacudieron hacia arriba para encontrar sus empujes hacia abajo.

Durante al menos treinta segundos, Eric la penetró una y otra vez, mientras ella gemía y gritaba que la follara.

Eric quería que la sensación de su apretado coño alrededor de su polla y su cuerpo retorciéndose debajo de él durara para siempre.

Él se aferró a su trasero mientras ella lentamente comenzó a acomodarse en el sofá.

Ahora capaz de concentrarse en su propio cuerpo, Eric sintió que la primera oleada de esperma se levantaba de sus bolas.

Anita sintió el orgasmo que se aproximaba en él y lo instó a seguir.

"Eso es. Vamos Córrete en mi coño".

La polla de Eric explotó en una inundación de esperma que Anita sintió llenando sus entrañas.

El fluido cálido salió disparado en varios chorros, cada uno acompañado de un fuerte gemido.

Eric agarró a Anita por la parte inferior de los hombros y apretó su cuerpo contra el suyo.

Cuando estuvo a punto de terminar y se quedó quieto con su polla profundamente dentro de ella, Anita apretó su coño con fuerza.

"Ahhh, joder. Detente" murmuró Eric, casi sin aliento y medio riéndose.

Se sacudió por última vez y se cayó de ella, flácido y totalmente agotado.

Él yacía en sus brazos, su cabeza sobre su pecho y sus piernas todavía envueltas alrededor de su cintura.

"Todo lo que tienes que hacer es pedirlo cuando quieras", dijo Eric suavemente, su dedo trazando el contorno de su pezón.

"Es que hoy tenía hambre", dijo ella.

SITUACIÓN INESPERADA

41

CAPÍTULO I

"Te estaré esperando en la habitación, ponte algo revelador", le había dicho John.

Le trataban como si fuera comida para llevar, pensó Gina cuando terminó la llamada.

Y así es como se sentía ahora, mientras se aplicaba el maquillaje en el espejo del tocador: ojos ensombreados, labios rojos en forma de corazón, y el suficiente maquillaje en la cara como para no hacerla parecer una figura de un museo de cera.

¿Algo más que desee en su pedido, cariño?

Satisfecha con su trabajo, caminó descalza por la alfombra del dormitorio, solo vestida con el sujetador y las bragas, y abrió el armario.

De un estante por encima de donde estaba su ropa sacó una pequeña caja con dinero y se la llevó a la cama.

Cuando ella la abrió, cayeron sobre las sábanas de seda muchos billetes de diez y de veinte.

Gina contó cuatro de veinte y guardó los demás dentro de la caja.

Volvió a colocar la caja en el armario, metió el dinero en su bolso y comenzó a vestirse.

John vivía al otro lado de la ciudad en una lujosa casa unifamiliar de cinco dormitorios cerca del canal.

Le llevaría diez minutos conducir allí, dependiendo del tráfico de la tarde.

Él era un cliente relativamente nuevo de ella al que había atendido seis veces hasta ahora.

Ella lo odiaba.

Era arrogante, rudo y completamente pervertido.

Era de ascendencia italiana: color de piel oliváceo, una nariz grande y lleno de grueso pelo negro todo él.

A John le encantaba comer y Gina pensaba que parecía una mezcla entre un gángster de los años cuarenta y un cerdo barrigón.

Él se había jactado de los vínculos que tenía con el inframundo criminal, pero Gina no estaba segura de cuánto de lo que decía era verdad.

Ella pensaba que él solo estaba tratando de impresionarla.

Ella no podía entender por qué los hombres pensaban que esto era atractivo para las chicas.

Gina odiaba la violencia y apagaba una película a la primera señal de sangre o violencia.

Pero John definitivamente estaba en algún tipo de negocios poco confiables.

Ella había visto armas en su casa.

Había escuchado llamadas telefónicas acaloradas durante su relación sexual que John se negó a ignorar.

Hablando de dinero y drogas.

Ella encontró a hombres aborrecibles como John: codiciosos, egoístas, deshonestos y corruptos.

Sin embargo, ella necesitaba demasiado el dinero.

La vida de Gina estaba llena de deudas.

Un curso universitario de humanidades, el mini Fiat, que conducía a su trabajo de secretaria todos los días, comprar ropa, vacaciones en Ibiza y un préstamo que había sacado para amueblar su departamento.

Ella estaba nadando en deudas, pero las compañías de préstamos nunca le habían negado ninguno.

Y era por eso por lo que había estado trabajando como acompañante privada durante el último año.

Privada era la palabra clave.

No tenía publicidad en línea, demasiado temerosa de que su familia o amigos descubrieran su sórdido secreto.

Si no que ella dependía del boca a boca y de sus clientes habituales, tipos como John.

El primer hombre que le pagó por tener relaciones sexuales con ella se llamaba Peter.

Lo conoció en un sitio de citas después de su ruptura con Adams, pero supo instantáneamente que no era para ella.

No era el hecho de que tenía unos cuarenta y era quince años mayor que ella.

En realidad, esa era la razón por la que lo había conocido en primer lugar, pensando que un hombre mayor podría darle lo que Adams, un muchacho de veinticuatro años, no había podido.

Compromiso, seguridad, nuevas experiencias sexuales tal vez.

Ella simplemente no sentía ninguna conexión con Peter, y lo supo en una hora después de su primera cita, la cena para dos en un restaurante indio en la parte más agradable de la ciudad.

Ella se despidió y le agradeció una deliciosa comida, pensando que sería la última vez que lo vería.

Pero Peter estaba más interesado en ella de lo que inicialmente había pensado.

Él la contactó dos días después con una oferta para pagarle por sexo.

Gina se sorprendió al principio, incluso se sintió ofendida.

Con su bronceado profundo, cabello rubio teñido y su inclinación por la ropa reveladora, sabía que daba una cierta impresión atractiva.

Pero eso no la convertiría en una zorra, ni en alguien que abriera sus piernas ante la primera señal de problemas financieros.

Ella ciertamente había conocido chicas que sí lo harían.

Pero Peter parecía ser un tipo tan agradable, y cuanto más Gina pensaba en su deuda, comenzó a preguntarse que qué daño había en aceptar la oferta. Habría un beneficio mutuo.

Peter la poseería y ella obtendría el dinero que necesitaba desesperadamente.

Si nadie acaba lastimado, realmente, ¿cuál era el problema?

Gina era una ingenua, sin embargo.

Nunca previó cuán adictiva podía ser el sexo pagado, ni cuán miserable y barata la haría sentir.

Para empeorar las cosas, Peter no era el caballero que ella primero había pensado que era.

Pronto se corrió la voz de que ella era buena en sus servicios y solo podía haber sido esto porque él lo difundiera directamente.

Las ofertas de todo tipo, a través del sitio de citas en el que había conocido a Peter, llenaron su buzón.

No podía creer cuántos hombres mayores había que buscaran mujeres más jóvenes para tener relaciones sexuales, y cuántos estaban dispuestos a pagar por ello.

Había sido muy lucrativo para ella y pronto aprendió que podía ganar más dinero si estaba dispuesta a ampliar sus límites un poco más.

Los hombres pagaban más por cosas como anal, dominación, lluvia dorada y varios tipos de juegos de rol.

Gina había invertido en uniformes de colegiala, lencería sexy y látigos. Había comido todo lo que le sugirieron, y se metió toda clase de objetos dentro de ella e incluso había fingido amamantar a un hombre de cincuenta años vestido con un pañal.

Por supuesto, John, con su dinero, había disfrutado de todos los servicios disponibles.

Desde prostitutas de clase alta hasta estrellas porno e incluso modelos de página tres.

Era una obsesión que rayaba en la adicción.

Parecía que todas las chicas jóvenes y hermosas estaban dispuestas a vender sus atributos mientras aún los tuvieran deseables.

Era trágico.

Entonces, no fue una sorpresa, que luego de enterarse por un amigo, John contactara con Gina.

Y esta noche iba a ser su quinta vez juntos.

Gina miró su reloj y se arregló su ropa en el espejo del pasillo. "Todo habrá terminado en un año, niña", se recordó a sí misma.

'Puedes hacerlo.'
Luego agarró sus llaves y salió por la puerta.

CAPÍTULO II

Diez minutos después, se detuvo en Midesting Road.

Eran poco más de las diez y media y una fiesta en la piscina en una de las otras casas estaba en pleno apogeo.

Condujo a través de las puertas de hierro forjado de la casa de John y estacionó el Fiat en el camino.

La luna brillaba en el techo del Mercedes plateado de John mientras oía el sonido de sus tacones crujir por la grava e iba hacia el lateral de la casa.

John le había dicho que entrara por la entrada trasera.

Esta noche van a jugar un juego de rol.

Él va a estar acostado en la cama y ella va a entrar, como una ladrona, y sorprenderlo.

A John le encantaba mezclar las cosas.

Ella nunca había conocido a un hombre tan sexualmente imaginativo.

Se detuvo a mitad de camino por el costado de la casa y miró hacia arriba y hacia abajo por el callejón.

Estaba segura de que nadie la vería allí, pero quería asegurarse por las dudas.

Se bajó las bragas, deslizándolas por los talones, y luego se arregló la falda.

Ella metió las bragas dentro de su bolso.

Encaje rojo, el favorito de John.

Luego se tambaleó sobre sus tacones por el camino y abrió la puerta que daba al jardín trasero.

Una papelera metálica resonó cuando accidentalmente la pateó con la punta de su tacón afilado.

'¡Estúpida!' Se amonestó a sí misma.

La luz de la cocina estaba encendida y la puerta del patio que daba hacia ella estaba entreabierta.

John debe haberla dejado abierta para ella.

Gina se echó el pelo hacia atrás, continuó con su sensual caminata y entró a la casa.

Percibió olor a quemado al entrar en la cocina y cerró la puerta.

Probablemente era uno de los cigarros que a John le gustaba fumar.

Él era un gángster tan fumador.

La casa estaba silenciosa.

John debe estar esperándola en la cama como le había dicho.

Gina caminó a través del comedor amueblado de forma muy concienzuda, todos los muebles modernos y de madera con un tono de color rojo oscuro, y salió al pasillo.

Ella miró hacia la escalera de caracol.

"John", dijo burlonamente. '¿Estás listo o no?'

Sus tacones resonaron en los peldaños pulidos mientras subía las escaleras.

Cuando giró hacia el pasillo, vio la puerta del dormitorio de John abierta.

La luz estaba encendida pero aún no hacía ningún ruido.

Entonces escuchó un crujido.

'¿John?'

El bastardo gordo probablemente estaba sentado en su trono en el baño en suite.

Gina se alisó su cabello, se bajó el escote y entró en la habitación.

Todo pareció detenerse en ese momento.

Todo el cuerpo de Gina se congeló.

Acostado en la cama, completamente desnudo y mirando al techo, estaba John, con un charco de sangre empapando las sábanas a su alrededor y con la garganta cortada.

Gina soltó un grito.

Una figura oscura salió de detrás de la puerta y la agarró, pasándole un brazo alrededor del cuello y poniéndole la mano en la boca.

'No hagas ningún ruido o a ti también te cortaré el tuyo', dijo.

Gina sintió la punta fría y afilada de un cuchillo en el cuello.

'¿Quién eres?' ella gimió.

'Alguien a quien no te gustaría joder'

El hombre le apretó el cuello con más fuerza con su musculoso antebrazo.

'¿Qué estás haciendo aquí?'

'Vine a ver a John'.

'¿Para qué? '

'Él me pidió que lo hiciera'.

'¿Por qué?' exigió el hombre.

'Solo para verlo'.

Él aplastó la tráquea de Gina con su brazo, haciendo que se atragantara.

'¿Por qué?' gritó.

'Para tener sexo', Gina se las arregló para balbucear.

Ella comenzó a toser cuando el hombre alivió la presión alrededor de su cuello.

'¿Eres una prostituta? ' él dijo.

'No!'

'¿Entonces qué?'

'Una acompañante'.

"Es lo mismo", dijo el hombre.

Gina no dijo nada, demasiado temerosa de que el hombre pudiera romperle el cuello o apuñalarla si lo contrariaba.

"Parece que tenemos un problema", dijo.

Se giró hacia el cuerpo sin vida de John, manteniendo a Gina firmemente sujeta entre su brazo y su pecho.

Gina sintió que iba a enfermarse al ver tanta sangre.

"Ahora eres testigo de un asesinato".

'Por favor', suplicó Gina.

'No se lo diré a nadie. Solo déjame ir.'

CAPÍTULO III

Del hombre surgió una risa siniestra.

'Seguro entiendes que no va a ser tan fácil como eso'.

El miedo se disparó a través del cuerpo de Gina.

Sintió como una cálida orina comenzaba a gotear por el interior de sus piernas.

Ella no quería morir esta noche.

El hombre la agarró del brazo con su mano enguantada en cuero y la llevó al baño.

Él cerró la puerta detrás de ellos y se volvió para mirarla.

Gina retrocedió a un rincón cuando vio su rostro.

No había esperado que fuera uno de los rostros más hermosos que jamás había visto, pero fue la profunda cicatriz que corría por un lado de su mejilla lo que más la sorprendió.

Y su cuerpo parecía hecho para matar, con unos hombros de campeón de boxeo y que podría romper un cuello por la mitad.

Él era un monstruo.

La miró de arriba abajo con unos duros ojos azules.

'¿Quién sabe que estás aquí?'

'¡Nadie! Por favor, puedes dejarme ir y escapar. Te aseguro que no le diré a la policía'.

Se acercó a ella en un paso lento y depredador.

'Es demasiado tarde para eso. Ya has visto mi cara'.

'Prometo que no lo contaré. Por favor, ni me preocupas tú ni John, solo quiero ir a casa. No quiero morir ". Gina estalló en lágrimas.

El hombre puso una mano enguantada sobre su hombro desnudo y se acercó amenazadoramente a su rostro.

Gina sintió que el aire cálido de su nariz le rozaba las mejillas.

'Ya, ya, ya', ronroneó. '¿Por qué arruinar esta cara bonita?'

Pasó un largo dedo por la mejilla surcada de lágrimas de Gina.

Todo el cuerpo de Gina se convirtió en hielo cuando sintió su toque.

Había algo extremadamente conflictivo sobre la atracción que sentía por el cuerpo de este hombre y el miedo que sentía al ser inmovilizada contra la pared por alguien que sabía que podía matarla fácilmente.

Él se inclinó más de cerca y pasó su áspera lengua por su rostro, haciendo que ella sintiera como un escalofrío recorría a través de su piel.

Ella no esperaba lo que vendría después.

La mano enguantada del hombre se deslizó debajo de su falda, mientras sus largos dedos tanteaban a sus labios expuestos.

'Niña traviesa', dijo ante su inesperado descubrimiento.

'Por favor ... oh'

El hombre se había quitado el guante y un dedo largo y carnoso estaba ahora dentro de ella.

Encontró el clítoris de Gina sin problemas y lo masajeó, creando un calor que comenzó a extenderse dentro de ella.

Pasó la lengua por los firmes contornos del cuello de Gina al mismo tiempo.

Gina se volvió y vio su reflejo en el espejo sobre el fregadero.

Y vio también a esta alta y extraña bestia que se hunde en su cuello como un vampiro, con la hoja del cuchillo en su mano libre destellando por la luz del halógeno como una advertencia.

Ella no se atrevió a moverse por temor a que él usara su punta afilada contra ella.

El hombre se apartó y recorrió su cuerpo con la mirada.

Había una profunda excitación en ellos como si él pudiera ver su cuerpo desnudo a través de la ropa.

Él deslizó su bolso de su hombro y lo dejó caer en el suelo, mientras un tubo de lápiz labial y unas bragas rojas se derramaban sobre las baldosas.

Él agarró uno de sus pechos a través de su chaleco ajustado a la piel y lo apretó suavemente, luego pasó el dedo por el pezón cuando se puso firme.

Ella era masilla en sus manos.

'¿Qué vas a hacer conmigo?' Preguntó ella.

'Ya que estamos solos y tenemos el lugar listo solo para nosotros, te voy a dar lo que ese tipo de ahí nunca te habrá dado'.

Oh, Dios, pensó Gina. Eso no.

Sintiendo su miedo, el hombre sonrió.

'No te preocupes. Una vez que me experimentes en tu coño estarás contenta de que el otro esté muerto.

El hombre tenía razón sobre que estaban solos.

Sin vecinos cerca, cualquier grito de ayuda daría resultados infructuosos.

Si ... si ella accedía, hacía lo que dijo el hombre, podría salir viva de la casa.

Con todas las demás probabilidades apiladas en contra de ella, ¿qué otra opción tenía ella aparte de realizar el mejor juego de rol de su vida?

Así que tomó una decisión.

Ella iba a hacer la mejor actuación de su vida.

Y si fracasaba, ella tenía un plan de respaldo.

"Quítate eso", gruñó el hombre, apuntando con la cabeza hacia su chaleco.

Gina hizo lo que él dijo.

Cuando el chaleco se deslizó sobre su cabeza, ella sacudió su cabello y le clavó sus ojos en el cuerpo.

"Quiero que tú también te desnudes", dijo.

El hombre dejó escapar una risa burlona.

'No me vas a decir qué hacer. Y no soy tan estúpido como pareces creer. Tírala hacia abajo.' Él señaló con la cabeza hacia la falda de Gina.

Ella se desabotonó la falda y la dejó caer por sus piernas, luego la pateó hacia él con su tacón.

Ella estaba allí delante de él en tacones y sujetador, y con afeitados labios vaginales expuestos al aire fresco del baño.

Levantó sus ojos azules rodeados de rímel a la mirada penetrante de su captor.

"Que dulce y hermosa", dijo, aspirando aire a través de sus fosas nasales. 'Date la vuelta.'

Gina se dio la vuelta y miró hacia la pared de azulejos.

A través del reflejo del espejo, ella observó cómo el hombre se inclinaba y acariciaba su entrepierna mientras estudiaba su trasero.

El gran bulto que vio que sobresalía en sus pantalones le hizo saber que estaba bien dotado.

Él hizo que se ella inclinara hacia adelante, la agarró por las caderas y llevó su entrepierna hacia ella.

El bulto duro y gordo ahora le estaba presionado la hendidura de sus nalgas.

Su mano desnuda le tocó el culo y la empujó hacia delante, con el cuchillo aun firmemente agarrado en la otro.

Gina lo observó mientras lo colocaba en el mostrador junto al lavabo y comenzaba a desabotonarse los pantalones.

Ella miró el cuchillo, luchando contra el impulso de agarrarlo.

Pero ella sabía que no podía ser tan estúpida; con su tamaño, el hombre dominaría su pequeño cuerpo de metro y medio en segundos. Aun así, fue tentador ... muy tentador.

Sus pantalones negros cayeron al piso revelando un par de boxers también negros sobre unos enormes y musculosos muslos.

Su erección se alzaba hacia el dobladillo, hinchada y enorme.

Gina se tragó el jadeo que casi escapó de su boca.

¿Cómo iba a poder meterse todo eso?

La gran polla estaba tensa contra la tela apretada de sus calzoncillos, ansiosa por salir.

Cuando el hombre se los bajó, la gran cabeza morada cayó sobre las mejillas de Gina.

El grueso y muy venoso miembro tenía al menos veinticinco centímetros de largo.

El asesino era un Adonis sexual.

Él le agarró la cadera con la mano que aún tenía enguantada y tomó su verga con la otra, guiándola hacia los labios vaginales de Gina.

Cuando sintió el cálido y suave pollón entre sus labios, Gina jadeó.

Y cuando se la metió en el interior, sus rodillas casi se doblaron.

El pene se introdujo a una profundidad audaz, palpitando con excitación dentro de su vagina húmeda y caliente.

Golpeó un área dentro de Gina que nunca había sido penetrada antes, y su clítoris traicionero comenzó a bombear con excitación, la humedad se fue acumulando en sus labios y paredes para acomodar a esta nueva y excitante llegada.

El hombre comenzó a empujar, sus fuertes caderas pudieron forzar la dureza de las paredes internas de Gina a una velocidad extraordinaria.

Se sintió increíble.

Ella se agarró al borde del mostrador del lavabo mientras él continuaba penetrando sus húmedos labios vaginales, sus bolas golpeándose contra ella.

Se quitó el otro guante y con sus grandes y sorprendentemente suaves manos recorrieron su espina dorsal y le abrieron el sujetador.

Éste cayó al suelo de baldosas, liberando sus pechos.

Ahora ya solo llevaba puestos sus tacones cuando la enorme bestia la golpeaba desde atrás.

Gina sintió que él se retiraba, su coño obteniendo un instante de alivio momentáneo.

Pero no pasó mucho tiempo antes de que su pene estuviera dentro de ella otra vez, pero esta vez hacia su culo.

La enorme polla del asesino penetró los apretados pliegues del ano de Gina, enviando un dolor agudo hacia ella que la atravesó.

Por un momento, pensó que no sería capaz de soportar el dolor, con los músculos apretados para expulsar este objeto extraño, pero luego se relajaron cuando el dolor comenzó a convertirse en placer.

Gina había recibido sexo anal antes, pero no de un falo tan grande como este.

El placer que la invadía ahora no era comparable a nada que hubiera sentido antes.

Tenía que recordarse a sí misma dónde estaba.

En la casa de John siendo follada por un hombre que acababa de matarlo.

El cadáver muerto, y ya algo frío, de John yacía a unos metros de distancia en la otra habitación como una horrible efigie de su yo anterior.

Gina sabía que nunca sería capaz de borrar esa imagen de su memoria, sin importar cuánto lo hubiera despreciado.

Y borraría el odio que sentía hacia él si con eso él pudiera volver vivo y la pudiera ayudar ahora.

Pero hay algo extraño en lo que sucede cuando te enfrentas a una amenaza de muerte y Gina lo estaba experimentado por primera vez en este baño en el que ahora estaba cautiva.

Un instinto toma el control, tan primario que ya no lo sientes como un instinto animal.

Y sabes que harás cualquier cosa para sobrevivir.

CAPÍTULO IV

El hombre golpeó su culo con embestidas furiosas, la saliva se derramaba fuera de su boca, su atractivo rostro enrojecido y excitado.

Los sonidos bajos y guturales que estaba haciendo le avisaron a Gina que estaba por correrse.

Ella agarró el borde del mostrador con fuerza.

Las puntas de sus dedos se volvieron blancas mientras se sostenía.

'Joder,' el hombre gimió.

'Me voy a correr'.

Y lo hizo, y un pesado suspiro salió su boca, cerró los ojos y arqueó la cabeza hacia atrás ...

Y Gina aprovechó su oportunidad.

Soltó el mostrador y agarró el cuchillo.

Con un barrido ciego y contundente de su brazo lo hundió en el cuello de su abusador.

Ella saltó y presionó su espalda contra la pared, las baldosas frías contra su espalda empapada de sudor.

Con los ojos muy abiertos por el miedo y la preocupación, Gina vio que el hombre estaba parado en una postura estática, ahogándose mientras sus grandes ojos la miraban.

El cuchillo sobresalía de su grueso y brillante cuello, y la sangre rojo oscuro se filtraba por el cuello de su abrigo negro.

Su polla estaba aún erguida, con un rastro brillante de esperma colgando de la punta.

Sus ojos aturdidos permanecieron fijos en los de Gina cuando su boca se abrió y la sangre se derramó sobre su labio inferior.

Se las arregló para gorgotear la palabra 'Perra' antes de colapsar hacia atrás y estrellarse contra la puerta.

Gina lo miró por un momento, su pecho subiendo y bajando, antes de dejar escapar una risa enloquecida. Su plan había funcionado.

Primera vez. Ella lo había visto por el espejo cerrar los ojos mientras eyaculaba, así que se deleitó con el hecho de que había hecho el ataque mucho más fácil.

Ella agarró su ropa y rápidamente se vistió, esta vez volviéndose a poner las bragas.

Agarró su bolso y pateó a su atacante con la punta afilada de su tacón. Entonces ella escupió en su cara.

'¡Eso es por llamarme puta, hijo de perra!'

Empujó el cuerpo hacia atrás para poder abrir la puerta.

La parte posterior de su cráneo golpeó la alfombra con un ruido sordo cuando abrió la puerta.

Ella caminó de puntillas sobre el cuerpo empapado de sangre y entró en el dormitorio.

Ella miró el cuerpo de John en la cama.

Sangre en el piso.

Sangre en la cama.

La muerte dondequiera que mirara.

Era demasiado.

Gina salió corriendo de la habitación y bajó por la escalera de caracol tan rápido como sus tacones podían llevarla, con triángulos carmesí manchando el suelo a su paso.

Al pie de la escalera se detuvo, se enjugó las lágrimas y controló sus pensamientos.

Este estilo de vida lo había arruinado todo para ella.

La había hecho miserable y cínica con los hombres.

Había reorganizado su moral.

Y ese bastardo muerto y gordo era uno de los peores con sus modos corruptos y fantasías sórdidas.

Era un modelo en la sociedad, pero extendió e infectó con sus maneras corruptas todo lo que tocaba.

Incluyéndola a ella.

Le había convertido en algo que ella no era.

Y ahora la había convertido en una asesina.

Ella había matado en defensa propia y el mierda que yacía en un charco de su propia sangre se merecía todo lo que le había pasado.

Pero ella sabía que nunca iba a olvidar.

Cómo la había maltratado como si no fuera más que una sucia puta, y cómo su cuerpo la había traicionado respondiendo con placer al contacto de sus sucias y asesinas manos.

¿Cuántas vidas de otras jóvenes deben haber arruinado estos dos?

¿Y cuánto seguían sufriendo esas chicas?

Yo ya no voy a sufrir más, pensó Gina.

Subió corriendo las escaleras y entró en el dormitorio.

La visión de los dos cadáveres muertos la hizo que le entraran ganas de vomitar, pero se tragó las náuseas con un codazo y se acercó a la cama.

La cara de John era una máscara de horror, su boca negra y abierta como un pez, los ojos congelados por el terror.

Gina desvió la mirada y buscó el brazalete de oro alrededor de su rechoncha muñeca.

Había un relicario rectangular delgado que unía la cadena.

Ella lo abrió y leyó el número que estaba adentro: 47689.

Repitiendo el número en su cabeza como un mantra, ella cerró el relicario y metió la mano dentro de su bolso.

Sacó un pañuelo y limpió las huellas dactilares del guardapelo.

Dirigió a John una última mirada desdeñosa antes de volverse y correr escaleras abajo.

Corrió por el pasillo hasta que llegó al estudio de John y abrió la puerta.

Examinó la habitación hasta que sus ojos se posaron en lo que había venido a buscar.

La caja fuerte de John.

Había alardeado sobre su contenido en una de las visitas de Gina y ella había exigido saber qué había dentro.

"Bellas joyas", había dicho con una sonrisa arrogante.

"Vale más que toda esta casa".

Luego golpeó la cadena en su muñeca y se llevó el dedo a los labios. "Shh".

Gina caminó hacia la caja fuerte en la pared y marcó la combinación.

La caja fuerte hizo clic indicando que se podía abrir.

Ella abrió la puerta de acero y miró dentro.

Sobre un montón de sobres marrones había un joyero rojo aterciopelado.

Gina sintió un nudo en el estómago.

Ella lo abrió para encontrarse con el collar de diamantes más increíble que había visto, con sus piedras bellamente elaboradas brillando con efecto cinemático.

"Vale más que esta casa entera", susurró a sí misma.

Lo suficiente como para liquidar todas sus deudas y algo más.

Con el corazón latiendo dentro de su pecho, cerró la tapa y guardó el joyero dentro de su bolso.

Luego ella cerró la caja fuerte y frotó el pañuelo sus posibles huellas.

Salió apresuradamente del estudio y bajó por el pasillo hacia la puerta principal, comprobando que sus tacones no habían dejado ninguna huella incriminatoria suya en sus tablas brillantes.

Suyas no.

Ella abrió la puerta de la casa.

El aire fresco y suave golpeó sus mejillas mientras ella se adentraba en la noche y la carga de la presencia en la casa se fue instantáneamente de sus hombros.

Libre por fin, ella corrió por el camino de grava y saltó dentro de su automóvil, lanzando su bolsa en el asiento del pasajero.

Ella dejó caer la cabeza sobre el volante y dejó escapar un grito grave y gutural.

Exhausta y agotada, buscó dentro de su bolso y sacó su teléfono.

Ella marcó el 911.

"Policía, por favor, acabo de matar a un hombre".

RECIBIMIENTO SALVAJE

Susan estaba acostada en el sofá pensando en su pareja.

Ella lo amaba con todo su corazón y su sueño era que él le hiciera todo lo que quisiera con los juegos previos.

Lamerla y chuparla hasta que valiera la pena morir por su nivel de éxtasis.

Luego follarla con el sexo más poderoso que la creación.

Era una noche tan aburrida.

Susan estaba acostada en el sofá en sostén y bragas rosas de seda viendo una película.

Pero Susan estaba pensando en su novio, su hermoso cuerpo, ojos verdes y cabello castaño oscuro.

La lengua de Susan asomó por sus labios mientras pensaba en él, la lujuria llenaba su mente y cuerpo.

Justo en ese momento, Susan escuchó la puerta abrirse, finalmente él estaba aquí.

Emocionada y húmeda, saltó y corrió hacia la puerta.

Allí estaba parado con sus jeans y una camiseta blanca.

Entró en la habitación notando los hermosos y agitados pechos de Susan, ya que casi se caían del sujetador por su emoción.

Agarrándola por la cintura, atrajo a Susan hacia él y la besó profundamente.

"Estoy tan jodidamente cachonda", susurró Susan con su cálida y húmeda boca. "Fóllame ahora".

No necesitando una segunda invitación, empujó a Susan hacia la mesa de la cocina.

Se quitó la camiseta y apagó las luces oscureciendo la habitación.

Susan yacía sobre la mesa, sus pezones ahora asomaban a través de su sostén blanco y se formaba una mancha húmeda en sus bragas a juego.

Se acercó a ella, formando un bulto en sus jeans.

Se inclina sobre Susan besando suavemente su vientre, lamiéndolo todo.

Susan jadea de placer y sus manos agarran su cabeza para acercarlo.

Él continuó lamiendo y besando su vientre, de vez en cuando bajando hacia su coño, aún cubierto por las braguita, para soplar aire caliente sobre ella.

Él agarra su ropa interior con los dientes, tirándolos hacia abajo en un movimiento rápido.

Las arroja sobre la mesa y olfatea sus pubis.

Susan comienza a gemir y a respirar pesadamente.

Enterrando su rostro en su coño mojado, él levanta la mano para quitarle el sujetador.

Los pechos turgentes de Susan se derraman sobre sus suaves manos.

Lamió suavemente la hendidura de Susan una vez más antes de acercarse al refrigerador.

Al abrirlo, sacó un tazón de fresas. Tomó dos de ellas, colocando una en el vientre de Susan y el otra entre sus senos.

Lamió la fresa en su ombligo, comiéndosela después.

Él continuó lamiendo su cuerpo de abajo a arriba y finalmente pasó a la siguiente fresa.

Lamiendo el escote de Susan, él mueve la fresa hacia arriba y hacia abajo entre sus senos.

Susan gime ante la sensación inusual.

Continúa moviendo la fresa cada vez más abajo por el cuerpo de Susan, hasta que llegó a su coño empujando la fresa con su lengua.

Susan jadeó y él pudo ver que su coño se contraía con la fresa cubierta con sus jugos.

Empujó la fresa más adentro de su coño.

La cubrió con la boca chupando suavemente hasta que la fresa estuvo nuevamente en su boca; ahora cubierta con jugos del coñito de Susan.

Sorbiendo la fresa, se la comió y se movió para darle la vuelta a Susan sobre su estómago.

Con su trasero en el aire, lo acarició.

Golpeó suavemente a Susan en el culo, antes de zambullirse hacia su trasero y lamerlo, dejando chupetones por todo el trasero.

Cerca había un tarro de miel, metió el dedo y lo untó sobre los labios de Susan.

Luego metió la lengua profundamente dentro de ella haciendo que Susan gimiera.

Él sorbió su lengua profundamente en su coño.

Gimiendo en voz alta, Susan dijo:

"Fóllame ahora".

Se quitó los jeans, con su polla a punto de estallar.

Ahora desnudo, su polla sobresale grande y fuerte.

Él agarró a Susan, pasando sus manos sobre sus muslos internos colocando su polla justo en su entrada.

Él frotó su cabeza contra su humedad; suavemente, separó los labios y deslizó la cabeza de su miembro suavemente.

Un gemido escapó de los labios de Susan cuando sintió la punta de su miembro entrar en ella.

Susan gimió más fuerte, mientras deslizaba el resto de su enorme polla dura en su coño.

Mientras todo él la llenaba, ella apretó las paredes de su coño, con lo que un gemido ahora llegó de él.

Comenzó a bombear su polla dentro y fuera del coño de Susan, conduciendo más y más con cada golpe.

Él continuó golpeando su coño haciendo que Susan gimiera cada vez más fuerte.

Agarrando sus muslos, golpeó con más fuerza que nunca, gruñendo mientras invadía el cuerpo de Susan con su enorme polla.

Susan gritó:

"Eso se siente tan bien bebé, fóllame más fuerte".

Él golpeó más fuerte con su polla en el coño de Susan, sintiendo la acumulación de semen en la base de su polla.

Sus bolas golpeando el trasero de Susan con el movimiento de él.

Susan dejó escapar un largo gemido y comenzó a tener un orgasmo salvaje, su coño apretando su polla, por lo que él también comenzó a tener orgasmo.

El semen se vomitó de su polla, el primer chorro entrando en el coño de Susan.

Pero él se retiró dejando que el resto rociara su cuerpo.

Justo cuando su orgasmo comenzó a disminuir, él metió los dedos en su coño bombeándolos rápidamente, enviando a Susan al orgasmo nuevamente.

Gimiendo y moviéndose por toda la mesa, Susan lo jaló sobre ella y lo besó profundamente.

Su sudor y semen se mezclaron por los dos cuerpos.

Después de relajarse ambos él dijo:

"Da gusto ser recibido así".

FIN

73